Neue Bühne 30

ドイツ現代戯曲選 ⑮
Neue Bühne

# Iphigenie in Freiheit

Volker Braun

Ronsosha

# 自由の国のイフィゲーニエ

フォルカー・ブラウン

中島裕昭［訳］

ドイツ現代戯曲選 15

Neue Bühne 30

論創社

編集委員◉池田信雄／谷川道子／寺尾格／初見基／平田栄一朗

Iphigenie in Freiheit
by Volker Braun



This translation was sponsored by Goethe-Institut.

GOETHE-INSTITUT

「ドイツ現代戯曲選 30」の刊行はゲーテ・インスティトゥートの助成を受けています。



g. Lustspiel ¶ Igor Bauersima norway.today ¶ Fritz Kater zeit zu lieben zeit zu sterben ¶ Elfriede Jelinek Macht nichts ¶ Peter Handke Die Stunde da wir nichts voneinander wußten ¶ Einar
Die Alphabeten ¶ Franz Xaver Kroetz Der Drang ¶ John von Düffel Balkonszenen ¶ Heiner Müller Der Auftrag ¶ Herbert Achternbusch Der Stiefel und sein Socken ¶ Volker Braun Iphig-
erg-Variationen ¶ Dea Loher Tätowierung ¶ Thomas Bernhard Heldenplatz ¶ Elfriede Jelinek Raststätte oder Sie machens alle ¶ Rainer Werner Fassbinder Der Müll, die Stadt und der Tod

# 目次

Iphigenie in Freiheit

# 自由の国のイフィゲーニエ

# 1

# 鏡のテント

止まりなさい。だれだ？　いいえ、答えるのはあなたの方よ。
合言葉は？　合言葉って何だ？
**万歳**とか、くたばれとかでしょ。
合い言葉は忘れた。**民衆**《フォルク》／おれはフォルカーだ。
**まじめに時間を守ってやって来たのね**。
そうだ、監獄からまっすぐに来た……おれは国で
おれの務めを終えてきた。
あたしもよ、あたしたち同志ね。あたしは会議で。**決定に**

**従い**。言いたいことは言っていい。
忠誠の飼い葉桶にすがり。国家の軛につながれ。
**夕食を求めて、隊列を組んで**。
どっちの隊列に入るんだ？　考えようでどっちにもなる。
どう考えるかは、情勢次第ってわけか。そのとおりだわ、弟。
**二重に考えるのは容易ではない**。

なぜここへきたの。弟あるいは姉。
おまえは何かの報告書のように、こぎれいに取りつくろって
新聞を読んでいる。**アガメムノン、殺害さる**。
姉と言ったのか。そう、たしかにそう言ったわ。
姉。姉。姉。姉。姉。
そうおれは、エレクトラだ。[★1] 不正を拭いさることはできない。
抱きしめさせて、愛しいドッペルゲンガー。

あなたは弟、あたしはあなたの姉
だまそうなんて、むだよ。これから目にする
出来事を、見ずにすんだらどんなに楽でしょう。
あなたは神々の掟に従ってあの委託を引き受けた
どんな神々だ、おれが神々を信じているとでも言うのか
あなたは不正に報いるためにやってきた、そして死者たちは
血まみれの肌着姿のまま、こちらを見ている、**オレスト万歳。**

では、あたしはほんとうにあなたの血縁なの。血縁。あの血まみれの傷で結ばれた一族の一人ということ。あたしの楽しい青春は悲しく終わった。緑の牧場。あたしの小川。すべてが夢だと思いこめたら、どんなにうれしいか。気安く差し出したこの手に、あなたは傷を焼きつけた。この傷を感じずにすみ、見ずにすんだなら、どんなに気が楽か。あなたの唇は焼きごてよ、弟、それをあなたはあたしに押し当てる。そしてあたしもいまは、あの殺し合う一族の一人なんだわ。あたしがあなたに手をさしのべた

のは軽はずみだった。ああ、愚かな弟の、やさしい悪巧みに乗せられてしまったのね。キスがあたしの目を覚ます、と医者は言った。[★2] でもかわいい弟、それはあたしを窒息させるべきなのよ。一度きりじゃない、たくさんのキスで窒息できるってわかっていれば、あたしはこの身をあなたの唇に委ね、尽きることのない宴のように、あたしを、あたしを、あたしを、あたしを、あたしをしゃぶり尽くさせてあげるのに。ああ、気が狂いそう、あたしは幸せよ。

退屈なギリシアはおしまい。
荒野が活気づいているよ、姉さん。
**いまがその瞬間：幸福と恐怖。**
あたしはもう一人ぼっちじゃない、あたしも犯行の
関与者なの。カメラが回ってる。
死者たちは決断が下されるのを熱い思いで待っている、[★3]
おれの決断を待っている、おお神々よ。おれは何者なのです？

あなたはあたしの弟よ、だってあなたの
白熱した怒りの鏡のなかにあたしの姿が見えるんだもの。
何という家族なんだ、**父も人殺し、**
**母も人殺し、そしてこのおれは母親殺し。**
あたしがあの犯行のために、この子に斧を手渡すのか
決められたとおりに[★4]、それともあたしのこの手は
新しいページをめくるのだろうか。

あたしは降りるわ、あなた。あたしぬきでやって。
退屈だわ、いつも同じ武装をしてうろつき回り、同じ剣を抜くなんて。一回打つごとにかならず一回叫び声を立てるなんて、なんてつまらない楽器なの。あたしには罰という言葉が理解できない。あたしたちを人殺しに駆り立てる犬も、目に入らない。それにしても、何を根拠にこんなことを続けてるの？　あたしたちも民衆とおなじような子どもで、腹のなかのものを明るみに出すためになら、全部へどにして吐いた方が

いいと思ってる。それに、できることなら、――あたしは撃ち殺すより、撃ち殺されたい。でもあたしは撃ち殺されないし、あなたも、そして彼も撃ち殺されはしない。だったら生きていましょうよ、と若い女たちは言う。そうでしょ、あなたにとっても楽しいことだわ。何百万もの人がこうして生きていられて、世界は二つに分かれているけど、そのどちらでも同じことができ、すべてが経験しあえるって、とっても楽しいことだわ。祖国のために自分の足を切り落とすなんて、そんなことだれがする？やっと言える――あたしはそんなことしないわ。そう、あなた、あたしはしない。

そして彼女は出て行く、自身の言葉を信じて。
今日は何の日？
野菜ジュースの日[★5]。
ならばおまえが出てきた日は
野菜ジュースの記念日だ。
おまえは袖を

血で汚《よご》したくはないが、
肉は喰らいたい。
肉ならおまえの母親の
冷蔵庫にたっぷりある。違うか！
ミュケーネの家の冷蔵庫に。不正はたっぷり、
おまえはそれで食いつないでいける。おまえは
もう戦わず、今ではまっすぐ
家に帰ろうとする、そして不正など
クソくらえなのだ、
それで救われたつもりだった。
でも、そこの新聞を見ろ！
古いものはすべて新しいものよりまし、と書いてある。
何も変わらないのだ。
朝焼けが緑に映え、人の心は美しい、でも

その美しい心臓は切り取って、スーパーで
だめになったもの
ほとんどすべてと
交換できる。おまえには
あの鐘の音が嗅ぎ分けられるか？
いまは、おまえの敵にとって、
やり放題の時代だ、
殺戮の風と夏の日が
ゴルフ場で
徹底して結託している。
さあ、穴をねらって
プレーしろ。

徹底して舐めろ、死ぬまで舐めろ。

エレクトロレストの戦い。クリタイムネストラの笑い声。

おまえたち人間は、飽きることがないなどと信じているのか？
国王万歳！
これからは、未来永劫
勝者はいない
いるのは敗者のみだ。
もう何も要らない。おれは、ここだ、ここだ。
進歩はこの千年紀末に向かって退行し続ける、
おれの両足だけを頼りに、その引きずるような歩みを続ける。
スペインの空は星々を広げ、
**遠くに夜明けの光が見える。**★6

おれには、何も／何も見えない。何という鉛の空だ
おれたち自身が空模様を決めるようになってから、ずっとこうだ／ずっとこうだ。
この空は鉄の壁のように、言葉を
はね返す。

2

# 自由の国のイフィゲーニエ

キリール文字の海岸。神像。

**いいですか、トーアス。**鉄のカーテンは開いたのです。
オレストとピュラデース、逃走を助ける二人が
タウリスに到着しました。**イフィゲーニエだ!**
あたしの弟と、弟の得体の知れぬ友人が
変装もせず、敵の前に姿を現したのです。

**あれが姉だ。イフィゲーニエだ。元気そうだ。**
二人は堂々と赤の広場に歩み入る、
血のように流れ落ちる明るい空の下で。
**少しやつれて見えるのは、蛮人たちを相手にしていたためか。**
**硬いベッドのせいか。硬いパンのせいか**
**口にできる食い物はあったのか、トーアス王のもとに**
**奴の妻になったのか。／おれたちはそれが知りたい／**
**そして奴の女祭司になったのか？／わたしは彼女に自由を与えよう、**
とわたしの主《あるじ》のトーアスは言う。**奴が自由だって？／**
**彼女が願っていたことだ、いつも海の彼方**
**ギリシアの方を見つめながら。／西の方をだろ。**
彼はわたしを解放するつもりよ、見て
この首の締め跡を。これほどまでに彼はわたしを愛したの、
ただただわたしの無邪気な笑顔を見たくて。そうね、トーアス。

わたしはあなたにとって何だったの、トーアス王
神々がわたしをあなたの国にさらって来てから
空を飛ぶようにして、このより良い世界に
世界戦争の地から、世界平和の地に連れて来てから。
覚悟はできていた、仕える覚悟はずっとあった
女神の祭壇で、異邦人をひとり残らず
殺した。何という気違いじみた
愛情なの、トーアス、いいこと、トーアス、
その愛情を感じとれない者を、わたしは殺さなければならなかった。
何という血塗られたガウンをわたしは身にまとっているの。
**姉は依然としてテレビを、あのちらつく画面を見ている**
**自由の映像だ、姉さん。／ぼくたちがその自由をもたらすんだ。／**
**トーアスは黙認してくれる。／彼は開明的な人だ。**
**開明君主だ／高貴なトーアス！／**

**彼は善き人になったのだ、高貴な人に**
**そうだろう？　人間なら人に手をさしのべる善き人であるべきだ。／**
**何も言わないの、姉さん。／その女に話しかけるな。／**
**なぜだ、トーアス？／その女は口がきけないからだ、友よ。／**
**いつから？　姉は、昔は、本のようによくしゃべったのに。／**
**そのころは、まだ子どもだったのだ。**　わたしの王のトーアスは、
自分が手にかけた屍の上に座っている。一つ一つの死が過ちだった。[★7]
過ちを重ねると誰でも頭がおかしくなる、ちがう？　トーアスの古い頭のなかの
新しい思想と、わたしが喉を詰まらせて吐き出した
古いテクストが
夜、無防備な浜に打ち寄せる波に向かって叫んだ
魂はギリシア人の国を求めつつ
完全無欠な世界への子どもじみた信仰。
いまそんな信仰を抱くトーアスは、子供に帰ってしまった

トーアスは歯なしとなり、
世界を甘い文句で和解させられると信じきっている
血のように流れ落ちる明るい空の下で。
聖人だが、なかば飢え
肌着もないほど落ちぶれながら、わたしのように微笑んでいる
ようやく彼を愛することを許されたわたしのように。ねえトーアス。
**彼の歯を抜くのは監獄だ。／**
**ピュラデース、彼はいま、一人のギリシア人のように笑っている。／**
**彼はあの善良さを、民を養うために掘り出した骨から**
**吸っている。彼の敵は、あてにならない。**
**今は奴らを太らせておけ。／**
**ゴルバチョフに乾杯だ。おれたちも何か腹に入れておこう。／**
**一緒に羽を毟らなければならないが鶏が**
**おれたちにはまだ一羽残ってる。**何で生きていけばいいの、もし死者たちが、

肉と血を返せと迫ってきたら。
わたしの手はまだ血まみれよ、トーアス。
そして生者たちは飢餓草原にいる。
**さあ仕事だ。手を貸せ、オレスト、人間は**
**働くために造られたのだ。／とくにギリシア人は**
**おれはギリシア人、商売人の一族の出だ。／**
**おまえは大げさな言葉を平然と口にする。／**
**そしておまえはそれを聞くのだ。／おまえのことばをゲーテの耳で。**
人身取引。[★8] それとも物品取引
いったい何が目的なの。ビジネス？
わたしの弟は、そう彼は信じているのだが、姉を必要としている
弟は癲癇持ちになった、母なる
大地を殺して以来、その思い出が弟を苦しめ
犬を使って弟を追い回している。弟を癒せるのは、わたし？

哀れな姉が、弟の背中にのしかかる母を
降ろしてあげる、今度はわたしを抱えて、この重荷を
担えば神の酬いがあるわ。さあピュラデース、手伝って。
**姉をおまえのものにしてしまえ、ピュラデース。姉も女だ。／**
**おれにあの女を約束したのは委員会だった。**
二人の脂ぎった不動産屋、市場《しじょう》のギャング
レジへ来るんだ、姉さん。おれの胸に。
**彼女はまだ美しいぞ、オレスト。／賢いとは言えないが。**
**あの美人を、われわれの学校へ通わせ**
**数を数えることを覚えさせよう。／膝で覚えさせるんだ、オレスト。**
わたしはこんなふうに、弟の手で解放してもらいたかったのか。
弟はわたしを世界へ輸出しようとしている。
化粧をし、着飾ったイフィゲーニエ。
スーパーマーケットのイフィゲーニエ。

ショーウィンドウのマネキンのイフィゲーニエ。
台所にもどろう。**恩知らずな女め。**
ろくでなし。**ヘラス、ヘラス、ヘラス!**
それはビアガーデンのテントに並び
家の壁に小便をたれ、
民衆とともに**自由**というスローガンを叫んでる
そして行進曲。あの国の親戚などいない
あの国はわたしの小さな国をかすめ取る
はした金で。それがこの問題の急所。
自由だ、姉さん、ですって! 掠奪される**自由**。
**ヘラス、ヘラス、ヘラス!** あの国への帰還。
そしてわたしは、トーアスには与えなかったものを
いますぐあなたに与えるの。受け取って、ピュラデース
わたしの持ち物を。コマーシャルに武装解除された

イフィゲーニエは欲望と
愛を売りに行く。欲望と愛は
偉大なる行為へ向かって飛び立つための翼。そうだわ。
わたしは、彼らがわたしたちの目の前に姿を現したときのことを覚えている。
わたしのピュラデース、どんなにあなたを愛そうとしたことか。
血のように流れ落ちる明るい空の下で。
**彼女から何を手に入れろというのか、彼女の純潔か？／**
**目をさまさせてやろうか、姉さん。**
**泣きたくなるぜ、ピュラデース、**
**あの売女は、うそつきの人殺しだ。／**
**血まみれの服を身にまとった女。あの服は**
**彼女の運命に訪れるどんな転換も、洗い浄めてはくれない、**
**暴力の糸にすっかり撚り込まれているからだ。／**
**あの女を、血だらけのどぶから引き上げてやってくれ、頼むぞ**

**そして、教えてやってくれ、ギリシア人の神が住むところを、**
**女陰《ワギナ》の中をな。**ろくでなし、ろくでなし、ろくでなし。
わたしの愛の国は、何て暗いところなの
憎しみの育つ、荒れ果てた土地。
わたしのトーアスは、芝居の中では、分裂病よ
この人生は解決可能だったの？
わたしたちの間は真実であってほしい！　でも、だれにとっての真実？
ここは女神の神苑：木々に緑はなく
わたしたちのレーテの流れが放つ悪臭は天までとどく
わたしはどこにいたか、いまどこにいるか、それを忘れられるものか。
わたしはわたしの真実を、よろこんでこの胸に抱いてきた
それはこの心温まる舞台でのわたしの持ち物
でもこれはわたしにとっての解決であって、万人にとっての解決ではない。
わたしイフィゲーニエは自由だが、客席は一歩も動けない。

きれいごとの言葉が、パイプラインの石油のように
流れ込み、トタン屋根のバラックでは
家畜のように働かされた労働者が、口にさるぐつわをはめられたまま朽ちはてる。
わたしが身を賭して成立させた平和は、戦争となって燃え上がり、
トーアスとオレストが、残りの世界を相手に回して戦う
わたしには、港で軍隊が打ち鳴らす荒々しい太鼓の音が聞こえる。
古典的な旋律《しらべ》だ。**これを持ってくんだ、オレスト。／**
**これは何だ。大理石。神像。**
**石膏だ。おお、ピュラデース。／たしかに死んでる。**
**それともアンティークか。骨董品だな。／**
**これを今どうすればいいんだ。／どうやって持ち出すんだ、**
**宮殿から。／それに手を触れないで、この泥棒。／**
**おお、それはいいものだ、ギリシア人たちよ。／芸術品だ、トーアス。／**
**船荷。リサイクル資源。役に立つ芸術品だ。／**

**ヨーロッパ最高の品。**忌まわしい姿をしたわたしは、
わたしのこの風景とまぐわったのだ。**ゲーテの花嫁。**
叫び、取り乱し、頭をおかしくされ、
眠ることもできず、突き固めたコンクリートの上にしゃがんでいる。
**ここは、アポルダ。**[★9]**／タウリス。／朝鮮。**
希望の亡命地はない。
この荒れた土地こそ、空間のすべてだ。
いまこそむずかしくなった。もう何ひとつわからない
でもわたしが誰かはわかってる。わたしはイフィゲーニエ
そしてこの解決不可能な人生を生きている
このわたしの肉体と、わたし自身の欲望で。
わたしはあなたたちをけっして忘れはしない
わたしのトーアス、わたしのオレスト、わたしのピュラデース
ギリシア人、野蛮人、荒れ果てた世界

欲望、憎しみ、欲望。この火と油のような
感情がわたしを切り刻み、
魚につつかれる餌のように旋回させる。
鳥よ、わたしをついばめ、風よ、わたしを吹き散らせ、
おお、この世にあることの何という喜びか
死と生、すべてを味わうこと。トーアス、
わたしにごきげんようと言って。もう一度言って、ごきげんようと。
**ごきげんよう。**[★10]／
**あの壊れた女は何を笑っているのだ、気が触れたか。**／
**彼女はトーアスに任せよう、あの恋に落ちたスキタイ人に**
**彼にならら、彼女は黙ったまま、伝えることができる、どうすれば人間らしく生きられ**
**るかを。**／
**そんなこと彼女にはわからない、オレスト、わたしたちもみんなわかっちゃいない**
**血のように流れ落ちる明るい空の下で。**

飢えたからと言って、権力を持ったからと言って、何がわかる。
わたしが負けたことはわかっている、ギリシア人たちよ。
わたしの飢えた民は草原に集い
おまえたちの首都をめざして飢餓行進を開始する、
彼らの飢えは、わたしをわたしの城塞《クレムリン》★11に釘付けにする
そしてその飢えを、われわれの権力は糧とするのだ。
ここは砂丘、あたり一面の白い砂
それは貝殻のくず、何百万もの小さな、
すりつぶされた貝殻、海が打ち上げた
貝の体の残がいだ。無数の破壊された体に
わたしは一つの美しいイメージを見た。黒い溶岩
それはたった一度の敗北のなごりだ。
わたしは選ぶことができる。教えてくれ、自然よ。
この堅い肉を

ゆっくりとすりつぶすべきか、それともとどめの一撃を与えるべきか
わたしを論破する考え。
わたしはその考えを額に貼り付ける、一個の地雷のように
そしてわたしの自由とは、この考えに点火することだ。
動くな、ギリシア人たち。誰もこの場を離れてはならぬ。／
どうしたのだ、トーアス

何の叫びだ、港に響くのは。／ひとりの女が
赤ん坊を自分の体に押しつけて殺しました、不安のあまり。／
自分の体で押し殺しただと、カルカス。[★12]／自分の赤ん坊を、自分の体で。／
兵たちを目の前にして、不安になったのか？／いや、叩きつけたのだと
女は赤ん坊を船腹に叩きつけて殺したとのことです。／
女は、歓声を上げて、海に飛び込みました。まるで欲深い自由に
酔いしれたかのように。／歓声を上げてと言ったのか、カルカス。／

彼女の歓声は、打ち寄せる波に鋭く突き刺さりました、まるで
ナイフのように

3

# 野外オリエンテーリング

ラーヴェンスブリュック[★13]：強制収容所とスーパーマーケット。

さあ、国旗に残った落ち穂[★14]を拾いに行こう
フィルムが逆回しにされ、頭から出てくる
壁はコンクリートミキサーのなかに流れ込み
作業班長の机の上に
砂と石灰とビールが吐き出される
手を離せ、この下司、と

党章のなかから叫ぶ声が聞こえる
世界史の第二章
破り取られたページだ、エレクトラ
**電化　マイナス　ソヴィエト権力**★15
イコール　資本主義
町はずれにある商品の墓場
アンティゴネーが、死んだ兄をショッピングカートに載せて
強制収容所を通り抜けようとする
ここにそいつを埋めることはできないぞ、お嬢さん、地代が安くないんだ。だいたいそいつはとっくに死んでいる。おまえさん一生ずっと、この雑踏のなかを、そうやって押して歩くつもりかい。死者とは交われっこない。この通りは誰のものだ。この金は誰のものだ。おれたちはもう一度、**皇帝**を戴きたいのさ、ヴィルヘルム★16を。そいつを押してたんじゃ、レジは通れないぞ、それとも、死はタダだ、と思っていたのか。だいたいそいつはホモだったんじゃないのか。祖国の裏切り者。食い詰め者。勝手に

ゴミを持ってきて、おれたちが見てる前で棄てられる、なんて思ってたのか。痛い目にあいたくなけりゃ、とっとと消えちまいな。そいつは石鹸売り場に置いてくといい。「白い巨人」[★17]のところへな。神様のご加護があるように。おまえさんの買い物カゴをいっぱいにしていきなよ、アンティゴネー。どうせ全部腐っちまうんだから。（二つの大きなパンの間にはさまれた死人。）ハンバーガーかい。いや、ラーフェンスブリュックの低温人間だ。[★18]（死者をしかるべき敬意を払って見つめる。）試食させてもらおうぜ。（人がどっと押し寄せたために、床が落ちる。下からの声）ここにはもっとあるぞ。喰いきれないぐらい。

（ネオン管の広告：**神を信じ皇帝に奉仕せよ……**[★19]）

# 4

# 古代の広間

畑のなかまでのびる人気のない滑走路に一本の松が生えている。かつてここが森だったときの律義ななごりだ。どうやってコンクリートに根を張れたのか。いまはコンクリートが松をこの地につなぎとめている。松の梢が、粘りつくような光のなかで、切り裂かれたように見えている。そのシルエットは、周囲の状況をけっして受け入れようとしない頑固者のようだ。滑走路の黒い縁から漏れ出した赤みを帯びた水が下水の蓋の下に流れ落ちている。もちろん、畑で刺し殺される大量の動物の血だ。動物の低いうなり声は、飛行機の騒音と区別がつかない。それともあれは、どこか遠いオリエントの戦場から聞こえてくる叫び声なのか。スピーカーから流れる音のせいで正確に聞き取れない。音楽も流れている。**今週のヒット曲**だ。**滑走路の横に住む、滑走路のためのコンクリートをつくっている男が**、スコップによりかかったまま動かずに、自分の住まいを見つめている。騒音はそこから聞こえてくるようだ。十五分の小休憩をとっているのか、居眠りをしているのか、それともただの失業者なのか、あるいは、偉大な時代を思い出しながら働き慣れた場所に立って自分自身の記念碑になろうとしているのか。**男の顎の下には**、スコップの柄でできた**タコ**がある。しかし、もう冗談はつうじなさそうだ。男の回りには、ボタ山やスクラップの山のような英雄的行為の残滓が見える。**労働によってさんざん耕されてきたその風景にはいわくがある。**男の野卑な目つきが向かう先は、男がいましがた修養のためにそこを抜け出てきたばかりの自分のベッドだ。何が男をつき動かしているのだろう。いま男が世界の壁紙を張り替えてやっている女が背後で糸を引いているのか。物語のはじまりが可能になるようにと、いまドアから出て行く人物がいる。ただし物語がまだ終わっていなければの話だ。男がいま伏せた視線から察するに、女は**美しい**にちがいない。女は、腕も胸も考

え も美しい。女の考えは男の考えを貪るように熱く抱擁する、男の考えに覆いかぶさる、男は女を抱いたまま冷たい土間を転がるしかない。**美しさに圧倒されて、**いまや男も、自分の視線と広大な皮膚が捉えるすべての場所にその美しさを見いだす。男は美しいもの、**より美しい世界**に出会うところで、その美しさに身を重ねるという習慣を捨てようとしない。一方、女は、憐れみのほほ笑みを浮かべて彼を品定めする。顎を両刃の剣のように突き出し、スカートを挑発的にたくしあげ、手は陰唇をなぞっている。肉体は何とすばやく思い出すことか、彼は眠りの快楽を知っているが、しかし女は目覚めていて、住宅局から自分にあてがわれた男の残骸を見張っている。**わたしの心はすべてあなたのものよ、**ハニー。なぜ男は女を裏切ったのか。なぜ男はスタート地点のくぼみの秘密を、常連の競争相手に売り渡してしまったのか。**化学はパンと富と美しさをもたらす。**女の嫉妬は男に影のように付きまとい、男は暑い昼にはその影を足元に押さえているが、しかしそれは夜には男の前に喪の色をしてひざまずく黒人女の姿となり、男を狂わせる。**耳を澄ませてごらんなさい、あなたの心臓はまだ**

**拍っているの？** 男はその黒人女を蹴倒すと、とんでもないことをしはじめる。彼女をエアーランマーでペシャンコにするのだ。突然花開きはじめる野外の自然のなかで男たちに課せられる重労働だ。**過剰な文明！** **殺人者！** 男は発狂するしかない。そしてシンバルと笛の音、男と同じように狂いながら、国々を移り歩く女たちの舞踏のすさまじい騒音、**コルドゥラ、愛してるわ！** **ナタリー**。そして、この舞台を完全に包囲する屠殺場からすさまじい断末魔の叫びが響いて、罰せられた男は、思わずそのクラシックな姿勢を崩し、スコップの歯を自分の役立たずの性器に突き刺す。睾丸が潰れ、血がセメント袋に流れ出す。男は蒼白の顔にはてしなく転がり落ちる冷笑を浮かべながら、飛びすさる人生をその仄かに光る始まりの瞬間まで思い起こす。誕生と死は、自由の痛みを味わう同一の瞬間、原形質の中での反転、まっさらな認識の中での硬直だ。男は、松の影の中へ石のようにどうと倒れる。投光照明を浴びて枯れ姿をさらす松の木の影は、女の影と混じりあっているが、男自身もいまや一つの影だ。そして男の精液は、塵の原子と交じり合う。絶望的な婚姻だ。冬に愛することを学ぶ物質、復興の小麦粉、構造に仕掛けられた爆薬、いままさに始まろうとする世界飢餓の素材、子どものからだ。

終

## 訳注

★1―エレクトラはオレストの姉、イフィゲーニエの妹にあたる。アイスキュロス、ソフォクレース、エウリーピデースそれぞれの悲劇において、オレストに対するエレクトラの関係は若干異なるが、他の姉弟とは違って一人ミュケーネにとどまったエレクトラは、父を殺した母クリタイムネストラとその情夫アイギストスが支配する土地に暮らし続け、復讐への思いが強い。

★2―エウリーピデースの『エーレクトラー』では、エレクトラはほとんど復讐の鬼であるが、その復讐を忘れさせるべく、アイギストスとクリタイムネストラは彼女を身分の低い農夫に嫁がせている。

★3―ハイナー・ミュラーの『ハムレットマシーン』、「私はエレクトラ」と言ってオフィーリアが登場する第5節のタイトルには、「激しく待ち焦がれながら」というヘルダリンからの引用がある。

★4―エウリーピデースでは、エレクトラはオレストに、アイギストスが父を殺した凶器の斧で、アイギストスへの復讐を果たすよう迫る。本作品では、このあと、エレクトラは復讐を放棄しようとする。

★5―ダイエットのために野菜ジュースのみを摂取する日。

★6―労働歌『テールマン大隊』（パウル・デッサウ作曲、グードルーン・カービッシュ作詞）の一節

★7―ハイナー・ミュラーの『モーゼル』において、「過ち」を犯したAは「おまえは過ちだ」と断ぜられ、「革命のために死ぬ」ことを要請される。

★8―原文のMenschenhandelは、かつて、東ドイツの住民を西ドイツに脱出させるための金銭交渉

のことも表していた。Freikauf（自由買い）とも呼ばれた。

★9―アポルダはヴァイマル近くの小都市。近世以来、繊維産業の町として有名。ゲーテは、一七七九年三月六日、執筆中の『タウリスのイフィゲーニエ』について、ここからフォン・シュタイン夫人に宛てて、作品が「ぜんぜん進まない」、「タウリスの王の話し方は、アポルダの靴下職人が一人として飢えていないかのようでなければならない」と書き送っている。アポルダには旧東ドイツ時代いくつかの工場があったが、「転換」後、国営企業の私有化の過程で九〇パーセントの労働者が失業したと言われる。

★10―ゲーテの『タウリスのイフィゲーニエ』の最後の台詞。トーアスがイフィゲーニエたちを見送ることば。

★11―原文のKremlは一般名詞で「城塞」の意味をもつが、クレムリン宮殿をさすことばとして用いられる。この章冒頭で、オレストとピュラデースが、「赤の広場」に入ったとされていることとも呼応する。

★12―カルカスは、素材となっているギリシア悲劇では、トロイア戦争におけるギリシア軍の予言者で、アウリスにいたアガメムノンに娘イフィゲーニエを犠牲にすることを助言した。ここではトーアス王に付き従う者（ゲーテの作品ではアルカスという名前）となっている。

★13―ナチス・ドイツによって女性専用の強制収容所が設置されたところ。

★14―旧東ドイツの国旗は、地は黒・赤・金で西ドイツと同じだが、中央に技術、工業、農業を表すコンパス、ハンマー、穂があしらわれており、これが国家の徽章ともなっていた。

★15―レーニンはロシア革命後、近代工業化政策を推進するため、一九二〇年十一月二十一日のモスクワ県党会議で「共産主義とはソヴェト権力プラス全国の電化である」と語ったとされている。
★16―ドイツ第二帝政（一八七一～一九一八）の最後の皇帝がヴィルヘルム二世。
★17―コマーシャルなどでよく知られた洗剤の商標。
★18―ラーヴェンスブリュックでは低温人体実験が行われた。体温を二十六、七度まで下げさせられた被験者を、二人の裸の女性収容者の間で蘇生させる実験である。
★19―帝政時代以来の愛国主義のスローガン。「神を信じ皇帝と国家に奉仕せよ」、第一次大戦中は「神を信じ皇帝と祖国に奉仕せよ」と唱えられた。

## 作者による注解　フォルカー・ブラウン

鏡の中での自己との出会い、オレステレクトラ（男優あるいは女優が演じる）が事件に巻き込まれる。**おまえが彼なら、おれは彼女のはず。**認識の瞬間は、因果が巡る生への転落であり、周知の物語のなかの犯人もしくは否定者になることを意味する。その物語は、**われわれがページをめくらないかぎり**、多かれ少なかれ致命的なものとなってしまう。核心をなす問いは、延期されているかに見える平和的労働の別の可能性に向けられる／だがその労働は、旧い人間たちが新しいタウリスの地を踏むことで緊急のものとなる。トーアスが何を「なす」かは、経験が教えるだろう。ポストコロニアル時代には、勝者も敗者も勝手な振る舞いをしていて、区別ができない。その振る舞いが個性も自然も消し去るのだ。敵役となるのは、排除され、失業者として取り残された者たちだ。それは女性の姿をした黒人男か、黒人の姿をした女性である。サチュロス劇の衣装を取り換えて登場する狂気と理性だ。——舞台は鉄のカーテンに閉ざされた胸の奥、そこがストーリーの舞台空間として切り開かれ、人間たちの肉体が華々しく展示されるが、その肉体もやがて、その誇らかな光景の発する散光に飲み込まれてしまう。

訳者解題

# 作者ブラウンと『自由の国のイフィゲーニエ』について

中島裕昭

# 0

本書は、Volker Braun: Iphigenie in Freiheit. Frankfurt/M. (Suhrkamp) 1992. の翻訳である。訳出にあたって、Volker Braun. Texte in zeitlicher Folge in 10 Bdn. の Band 10 [Halle (Mitteldeutscher Verlag) 1993] も参照した。両者に異同はないが、後者には作者による短い作業メモが三件付され、作品についての情報も加えられている。

翻訳にあたって

1　太字の箇所は原文では大文字で表記されている。

2　日本語での読みやすさを考慮して、いくつかの箇所で原文にはない疑問符・感嘆符を付した。

3　原文は、詩文形式（詩形としてはブランクヴァースが基調）で改行されている部分と、改行のない散文の部分とからなる。いずれも、しばしば文にならないまま語句が積み重ねられ、極端に説明が排除されている。ト書きはほとんどない。詩行形式の部分では、句読点はできる限り原文に即した。散文の部分では、日本語での読みやすさを考え、句読点を加えている。原文の第四場では、最後にピリオドが一つあるだけで、途中はすべてコンマで区切られているが、翻訳では句点を入れた。

4　作品本文中のギリシア語の固有名詞は、原則としてドイツ語読みを踏襲したが、一部について日本語のなかで一般化している表記に準じた。

## 1

作者フォルカー・ブラウンは、ドイツ東南部の古都ドレスデンの近郊で一九三九年に生まれた。一九四九年に東西両ドイツが成立したときには十歳で、その後、一九九〇年に東ドイツ（旧ドイツ民主共和国）が西ドイツ（一九九〇年以前のドイツ連邦共和国）に統合されるまで、東ドイツの歴史に寄り添い続けた作家・詩人である。日本の演劇関係者にはなじみのあるハイナー・ミュラー（一九二九〜一九九五）が七〇年代から西側で評価されはじめ、東西の〈壁〉を嘲笑するように飛び越えていたことに比べると、一九九〇年までほぼ一貫して東ベルリンの代表的な劇場で戯曲制作に携わったブラウンは、〈東の作家〉という印象が強いかもしれない。ブラウンは最後まで西側に脱出することなく、東ドイツ社会への批判的な作品を発表し続けた。

自身が生きる社会の矛盾と真正面から向き合い、抑圧への怒りと変革への望みを放棄しないことは、彼の詩・戯曲・散文作品を貫く態度である。それが理念としての社会主義への希望と重なったこともあり、また、改革の可能性を微塵も見出せない東ドイツ社会への絶望的なアイロニーとなって表現されたこともある。八九年に〈壁〉が崩壊した直後のブラウンは、「人民所有＋民主主義」というこれまで世界のどこでも実現されなかった試みがはじまるはずだと述べた（一九八九年十一月十一・十二日付『ノイエス・ドイチュラント』に掲載されたエッセイ『自由の経験』）が、このような現実の歴史の動きに対する期待表明は、ブラウンにしてはむしろ稀なことであった。一九六五年にドラマトゥルクとなったベルリーナ・アンサンブルでは『キッパー』（一九六五）が、七二年から七七年まで働いたドイツ座では『ティンカ』（一九七二）と『ゲバラあるいは太陽の国』（一九七五）が政治的な理由から上演中止となっている。七〇年代の東ドイツ社会の若者が将来への展望を喪失していることを描いた短編小説『未完の物語』（一九七五）は、発表直後、掲載雑誌が店頭から回収された。この頃からブラウンは国家公安局の常時的な監視下に置かれている。チェーホフの『三人姉妹』を下敷きとした『過渡期の社会』（一九八二）で描かれる東ドイツは、歩みの先に「理想社会」があると標榜することなど皮肉以外のなにものでもない状況となっている。『トランジット・ヨーロッパ――死者たちの遠出』（一九八六）では、東ドイツ市民が着席するはずの劇場そのものが難破船に喩えられる。

ブラウンのこういった批判的な作品が、東ドイツで大衆的な人気を得ていたわけではかならずしもない。その政治的内容のために作品が東ドイツ市民に直接的に届けられる機会が少なかったこと（東ドイツで『過渡期の社会』が初演されたのも、『未完の物語』が出版されたのも一九八八年になってから）、知性とユーモアに満ちながらも説明的な部分がひじょうに少なく、けっして饒舌とは言えない文体、さらには、受け手自身にも反省を促すブラウンの真摯で鋭すぎる批判精神が、そのことの理由として考えられる。抑圧的な権力を敵として攻撃するだけであれば、もう少し気軽かもしれないが、ブラウンは、近代の人間の知恵をもってしてなぜ硬直した体制と暴力的な欲望を克服できないのか、というわれわれ自身の課題をテーマとしている。甘く口あたりのいい文学ではない。

にもかかわらず、彼の作品が東ドイツで高く評価されていたのは、そこでは文学や演劇が、公共的な議論のための重要な場であったからだろう。政治的な理由でマスコミが厳しく統制され、集会の自由もなかったため、一定数の人々が特定の問題意識のもとに集まり言語空間を共有する劇場は、数少ない開かれたフォーラムであった。それは詩人・小説家の朗読会についてもあてはまる。こういった場に、数は多くなくとも良質な受け手が集まり、ブラウンの、新しい社会批判の言葉を待ち続けたのである。

このような特徴は、『シンメトリックな世界に抗して』（一九七四）、『直立歩行のトレーニング』（一九七九）、『きしみつつゆっくり訪れる朝』（一九八七）などの詩集にも見られる。いわば時代に応答するように書かれた詩や短編小説は、この作家の強すぎるほどの責任感を、そして、八九／九〇年のドイツ史における〈転換〉（八九年の〈壁〉の開放から、九〇年の東西ドイツ正式統合までの一連の政治状況の変化を、ドイツではWende〈転換〉と呼ぶ）以降のめまぐるしい情勢変化に巻き込まれて自尊心を喪失していく旧東ドイツ市民への共感を、一度は抱いた現実的な期待への失望を、直截過ぎるほどに語っている。

## 2

本作品『自由の国のイフィゲーニエ』は、一九八七年から九一年にかけて執筆され、一九九二年、フランクフルト・アム・マインのシャオシュピールで初演（ミハエル・ペールケ演出）された。初版は一九九二年、ズーアカンプ社から単行本で出版されている。

表題からすぐにわかるように、前提となる物語のなかで主要な機能を果たしているのが、エウリーピデースの『タウリケーのイーピゲネイア』などの下敷きとなった、イフィゲーニエのタウリスの地からの脱出譚である。トロヤ戦争のためアウリスに集結したギリシア船団は、凪に船出を阻まれる。全軍団の指揮官アガメムノンは、神に娘イフィゲーニエを捧げることによって船出を果たすのだが、その際、イフィゲーニエはアルテミス神によって救われ、タウリス（スキタイ族の一部が住む黒海沿岸の地。現在のクリミア半島と見られている）に運ばれる。イフィゲーニエは、かの地の王トーアスに仕えることによって身の安全は保障されるが、アルテミス神の祭司として、ここに流れ着いた異国の者をすべて殺すという役割を負わされていた。トロヤ戦争終結後、ギリシアに戻ったアガメムノンは、妻クリタイムネストラとその情夫アイギストスに殺害される。そのアイギストスと母クリタイムネストラを殺すことによって父の復讐を果たしたオレストは、罪の意識にさいなまれる。デルフィの神託よって、「タウリスの地から妹を救い出すこと」が唯一の贖罪方法と教えられたオレストは、友人ピュラデースとともに、アポロン神の「妹」アルテミスの神像を盗むため、タウリスの地に至る。しかし、救い出すべきは「妹」でなくオレスト自身の姉イフィゲーニエだった。イフィゲーニエとともに脱出しようとするオレストたち、それを阻もうとするトーアスとその軍勢。エウリーピデースの悲劇においてこの葛藤を解決するのは、「デウス・エクス・マキナ」であるアテナ神による介入だった。ゲーテはこの素材からドイツ古典主義悲劇の傑作『タウリスのイフィゲーニエ』を生み出した。ゲーテの作品では、ギリシア人オレスト、ピュラデース、イフィゲーニエと、蛮人トーアスとの間に、ヒューマニスティックな宥和が成立している。しかし、祖国ギリシアを思うイフィゲーニエと、独自の仕方で彼女を愛そうとするトーアスの間の深い断絶は埋めがたいものがあった。トーアスのなかに友愛の精神が埋め込まれているだけに、ギリシア人であるイフィゲーニエが最優先する「文明の地」への帰還、つまりタウリスに対するギリシアの優越性は、疑問を残していた。ブラウンは、ゲーテの改作のなかに解決ではなく、「あとまわしにできない論争のはじまり」[★1]を見、それを再度掘り起こすため、現代の問題として書き換えることを考えたようだ。

作品は四つの章ないし場面に分かれており、上記の物語は第二場の下敷きとなっている。第一場ではイフィゲーニエの物語に関わって、父の復讐を果たすべきオレストと、ミュケーネに留まったために彼以上に父の復讐を思い続けるもう一人の姉エレクトラの物語が展開される。第三場では、新王の禁止にそむいても死んだ兄の埋葬を果たそうとするアンティゴネーが強制収容所で買い物カゴを押している。第四場の人気のない滑走路で作業を中断する労働者は、みずからの欲望の源を絶とうとする。自然を含めて、他に存在したものの犠牲の上に成り立っていながら、そのことを隠蔽する現代の人間社会のあり様がスーパーマーケットやファーストフードによってイメージされている。

一九九〇年三月の東ドイツ人民議会選挙は、即時の「統一」を主張する党派が圧勝し、東ドイツはあっさりと西ドイツに併合されてしまったわけだが、この時期のブラウンの作品は、散文とも詩文ともモノローグ・ドラマとも判然としない、断片的で、憂鬱な文が重ねられるのが特徴で、そこに東ドイツの改革という期待を裏切られた改革派知識人特有のメランコリーが感じられる。本作品を〈転換〉後の状況と対照すれば、「解放」されようとするイフィゲーニエは、まずは旧東ドイツ市民と解釈することが可能である。オレストとピュラデースは、西ドイツからやってきた裕福な親族あるいはビジネスマンである。ブラウンのイフィゲーニエは「何の正当性も与えられない、反抗的な女性」[★2]で、勝者の圧倒的優位のもとに果たされようとする宥和を拒否する。

この作品を東ドイツの歴史的破綻と同一視してしまうのは、しかし、あまりに単純な解釈にすぎる。第三場・第四場を読めば明らかなように、ブラウンの作品が取り上げているのは、これから生きる者たちと先に死んだ者たちの両方に責任を負っている、われわれの問題である。状況の変化のなかで、われわれはこの責任を果たしているだろうか？　いまわれわれの周囲に、自由化・規制緩和という名の強者による暴力や排除、支援・交流という名の侵略が存在しないだろうか？　われわれはこれまでの何を守り、何を放棄しようとしているだろうか？　拒否すべきところで拒否できているだろうか？　そう考えるとき、ブラウンの言葉の強靭さと有効性が、ふたたび明らかとなるだろう。

いわゆる「配役」は明示的には指定されていない。作品冒頭、意図的にエレクトラとオレストを重ね合わせた「エレクトロレスト」なる人格が想定され（「作者による注解」でも、オレストとエレクトラの一体化が言及されている）、エレクトラとオレストの二重人格者が自問自答するところにフォルカー・ブラウン自身の声さえ混じっており、解釈がむずかしい。第二場で使用される／は、内容からして人格の交替するところに記入されていると判断できるが、第一場の／は、言い換え、または補足と読むべきだろう。第三場、第四場の発話者をどう設定するかということが、この作品の舞台化のポイントとなるだろう。作品全体を一人の役者の「台詞」（モノローグ・ドラマ）とすることも、演出解釈上は不可能ではない。

### 3

一九九二年の初演以降、この簡素にして峻烈な拒否の文学は、一般にはなかなか受け入れがたかったようだ。しかし、わが国も含め、誰もが「勝者」になろうとしながら、実は誰も「勝者」ではない、いまのような時代にこそ、拒否の言葉が必要なのではないか。今回の『ドイツ現代戯曲選』にこの作品を採択してくれた編集委員に感謝している。

フォルカー・ブラウンは、一九八一年と二〇〇二年の二度、来日している。その二〇〇二年には、最初のまとまった翻訳『本当の望み』（フォルカー・ブラウン作品集、浅岡泰子・市川明・宇佐美幸彦・森川進一郎共訳、三修社）が出版された。これは〈転換〉前後の作品を集めたものだが、戯曲としては『過渡期の社会』（市川明訳）と『ブランデンブルクの埃』（浅岡泰子訳）が収録されている。このほかに一般に入手可能な邦訳として、道家忠道他訳『現代ドイツ短編集・ドイツ民主共和国の作家たち』（三修社、一九八〇年）に『未完の物語』（浅岡泰子訳）が、東ドイツ短編集刊行委員会編『エルベは流れる』（同学社、一九九二年）に『底なしの文』（森川進一郎訳）が収録されている。彼の理論的著述としては、二〇〇〇年度のビューヒナー賞を得た際に行った講演『状況の破壊』（荒川宗晴訳）が日本ゲオルク・ビューヒナー協会会報『子午線』第1号（二〇〇一年）に訳出されている。同5号（二〇〇五年）には、短編作品『もうひとりのヴォイツェク』（大塚直訳）も収録されている。

## 注

★1—Volker Braun: Texte in zeitlicher Folge. Band 10. Halle (Mitteldeutscher Verlag) 1993. S. 145.

★2—同所

**著者**

**フォルカー・ブラウン**（Volker Braun）

1939 年生まれ。炭鉱労働などを経て大学進学、哲学を学ぶ。60 年代から詩人として注目され、その後ベルリンの劇場のドラマトゥルクなどとして活動、70 年代から東ドイツを代表する劇作家・詩人・散文作家、厳しく東ドイツを批判した。2000 年にビューヒナー賞受賞。

**訳者**

**中島裕昭**（なかじま・ひろあき）

東京学芸大学助教授。現代ドイツ演劇、ドイツ文学専攻。一九八七〜八八年に東ベルリン・フンボルト大学芸術学部演劇学科留学。翻訳に『カーティアの選択』（三修社）、『彼ら抜きでいられるか』（新曜社、共訳）、共著に『世界は劇場／人生は夢』（水声社）など。

ドイツ現代戯曲選30　第十五巻　自由の国のイフィゲーニエ

二〇〇六年六月一〇日　初版第一刷印刷　二〇〇六年六月十五日　初版第一刷発行

著者フォルカー・ブラウン⦿訳者中島裕昭⦿発行者森下紀夫⦿発行所論創社　東京都千代田区神田神保町二―二三　北井ビル　〒一〇一―〇〇五一　電話〇三―三二六四―五二五四　ファックス〇三―三二六四―五二三二⦿振替口座〇〇一六〇―一―一五五二六六⦿ブック・デザイン宗利淳一⦿用紙富士川洋紙店⦿印刷・製本中央精版印刷⦿© 2006 Hiroaki Nakajima, printed in Japan ⦿ ISBN4-8460-0601-8

# ドイツ現代戯曲選 30

★1
火の顔/マリウス・フォン・マイエンブルク/新野守広訳/本体 1600 円

★2
ブレーメンの自由/ライナー・ヴェルナー・ファスビンダー/渋谷哲也訳/本体 1200 円

★3
ねずみ狩り/ペーター・トゥリーニ/寺尾 格訳/本体 1200 円

★4
エレクトロニック・シティ/ファルク・リヒター/内藤洋子訳/本体 1200 円

★5
私、フォイアーバッハ/タンクレート・ドルスト/高橋文子訳/本体 1400 円

★6
女たち。戦争。悦楽の劇/トーマス・ブラッシュ /四ツ谷亮子訳/本体 1200 円

★7
ノルウェイ.トゥデイ/イーゴル・バウアージーマ/萩原 健訳/本体 1600 円

★8
私たちは眠らない/カトリン・レグラ/植松なつみ訳/本体 1400 円

★9
汝、気にすることなかれ/エルフリーデ・イェリネク/谷川道子訳/本体 1600 円

★10
餌食としての都市/ルネ・ポレシュ/新野守広訳/本体 1200 円

★11
ニーチェ三部作/アイナー・シュレーフ /平田栄一朗訳/本体 1600 円

★12
愛するとき死ぬとき/フリッツ・カーター/浅井晶子訳/本体 1400 円

★13
私たちがたがいをなにも知らなかった時/ペーター・ハントケ/鈴木仁子訳/本体 1200 円

★14
衝動/フランツ・クサーファー・クレッツ/三輪玲子訳/本体 1600 円

★15
自由の国のイフィゲーニエ/フォルカー・ブラウン/中島裕昭訳/本体 1200 円

★印は既刊(本体価格は既刊本のみ)

Neue Bühne 30

*16

文学盲者たち/マティアス・チョッケ/高橋文子訳/本体 1600 円

指令/ハイナー・ミュラー/谷川道子訳

前と後/ローラント・シンメルプフェニヒ/大塚 直訳

公園 /ボート・シュトラウス/寺尾 格訳

長靴と靴下/ヘルベルト・アハテルンブッシュ/高橋文子訳

タトゥー/デーア・ローエル/三輪玲子訳

ジェフ・クーンズ/ライナルト・ゲッツ/初見 基訳

バルコニーの情景/ヨーン・フォン・デュッフェル/平田栄一朗訳

すばらしきアルトゥール・シュニッツラー氏の劇作による刺激的なる輪舞/
ヴェルナー・シュヴァープ/寺尾 格訳

ゴミ、都市そして死/ライナー・ヴェルナー・ファスビンダー/渋谷哲也訳

ゴルトベルク変奏曲/ジョージ・タボーリ/新野守広訳

終合唱/ボート・シュトラウス/初見 基訳

座長ブルスコン/トーマス・ベルンハルト/池田信雄訳

レストハウス、あるいは女は皆そうしたもの/エルフリーデ・イェリネク/谷川道子訳

英雄広場/トーマス・ベルンハルト/池田信雄訳

論創社

Marius von Mayenburg Feuergesicht ¶ Rainer Werner Fassbinder Bremer Freiheit ¶ Peter Turrini Rozznjogd/Rattenjagd ¶ Falk Richter Electronic City ¶ Tankred Dorst Ich, Feuerbach ¶ Thomas Brasch Frauen. Krieg. Lustspiel ¶ Igor Bauersima norway.today ¶ Fritz Kater zeit zu lieben zeit zu sterben ¶ Elfriede Jelinek Macht nichts ¶ Peter Handke Die Stunde da wir nichts voneinander wußten ¶ Einar Schleef Nietzsche Trilogie ¶ Kathrin Röggla wir schlafen nicht ¶ Rainald Goetz Jeff Koons ¶ Botho Strauß Der Park ¶ Thomas Bernhard Der Theatermacher ¶ René Pollesch Stadt als Beute ¶ Matthias

# ドイツ現代戯曲選 ⑮
# Neue Bühne

Zschokke Die Alphabeten ¶ Franz Xaver Kroetz Der Drang ¶ John von Düffel Balkonszenen ¶ Heiner Müller Der Auftrag ¶ Herbert Achternbusch Der Stiefel und sein Socken ¶ Volker Braun Iphigenie in Freiheit ¶ Roland Schimmelpfennig Vorher/Nachher ¶ Botho Strauß Schlußchor ¶ Werner Schwab Der reizende Reigen nach dem Reigen des reizenden Herrn Arthur Schnitzler ¶ George Tabori Die Goldberg-Variationen ¶ Dea Loher Tätowierung ¶ Thomas Bernhard Heldenplatz ¶ Elfriede Jelinek Raststätte oder Sie machens alle ¶ Rainer Werner Fassbinder Der Müll, die Stadt und der Tod